Un si Gros mensonge

Un conte de la tradition tibétaine
illustré par Ronan Badel

Pour Isa qui fait les grimaces,
pour Rosalie qui éclate de rire.

R. B.

Père Castor ■ Flammarion

© 2007 Père Castor Flammarion pour la présente édition – © 2005 Père Castor Flammarion pour le texte et l'illustration
Éditions Flammarion – 87, quai Panhard et Levassor, 75647 Paris Cedex 13 – ISBN : 978-2-0812-1012-7

GW00362313

Il était une fois, dans un pays d'Asie,
deux voisins nommés Yéché et Kunga.
Un jour, Yéché fut obligé de partir en voyage.
Il alla trouver son voisin Kunga et lui dit :
– Je dois quitter ma maison pour quelques jours,
et je crains qu'en mon absence l'on vienne voler
ma jarre contenant mes économies en pièces d'or.
Pourrais-tu avoir l'obligeance de me garder cette jarre ?
– Volontiers, répondit Kunga.

Quand Yéché fut parti, Kunga prit la jarre
et en déversa le contenu sur le sol pour se réjouir
de la vue des pièces d'or.
Comme elles étaient belles! Comme elles brillaient
et comme elles tintaient! Kunga caressait les pièces
et les regardait sans cesse.

Il n'arrivait pas à en détacher son regard et il comprit
qu'il aurait bien de la peine à s'en séparer.
« Après tout, se dit-il, Yéché en a moins besoin que moi. »
Il cacha les pièces d'or et remplit la jarre de sable.

Dès son retour, Yéché vint récupérer sa jarre.
– Mon cher ami, il s'est passé
une chose terrible en ton absence,
lui annonça aussitôt Kunga, le visage consterné.
Imagine-toi que, le lendemain de ton départ,
toutes tes pièces d'or se sont changées en sable.
– C'est un fait bien étrange, répondit Yéché.
Jamais je n'ai entendu parler d'une chose pareille.
Yéché n'était pas dupe : il n'avait pas cru un mot
de ce que venait de lui raconter son ami.
Mais que pouvait-il faire ? Il prit la jarre remplie de sable
et rentra chez lui sans rien ajouter.

Quelques semaines plus tard, ce fut au tour de Kunga
de devoir s'absenter. Mais il était veuf et se faisait du souci
à l'idée de laisser seuls à la maison ses trois enfants
encore bien jeunes. À qui les confier ?
Alors il alla trouver son voisin Yéché
et le pria de garder ses petits
durant les quelques jours de son absence.
– Tu peux les laisser chez moi, dit Yéché,
je veillerai sur eux comme sur mes propres enfants.
Pars sans inquiétude.

Après le départ de Kunga, Yéché se rendit au marché
où il acheta trois jolis petits singes.
Il les ramena chez lui et leur apprit à répondre
aux prénoms des enfants et à faire chacun une action précise.
Au plus âgé, Sônam, il apprit à fermer la porte.
Au moyen, Padma, il montra comment balayer la chambre.
Enfin, au plus petit des trois, Lhamo, il enseigna l'art de servir le thé.

Le matin du retour de Kunga,
Yéché emmena les trois enfants
de son voisin dans la montagne
et les installa dans une petite cabane.
Il leur dit d'attendre sagement ici
pour faire une surprise à leur père.
Tous deux reviendraient bientôt les chercher.
Puis il rentra chez lui,
impatient de revoir son voisin.

Dès son arrivée,
la première question de Kunga
fut de demander où étaient ses enfants.

– Mon cher ami, il s'est passé une chose terrible en ton absence,
se lamenta Yéché, et des larmes grosses comme des petits pois
coulaient sur son visage. Je dois t'annoncer une nouvelle épouvantable.
Imagine-toi que le lendemain de ton départ, en me levant,
je suis resté figé de stupeur… Tes enfants s'étaient changés en singes !
– Ce n'est pas possible ! se lamenta Kunga, la gorge serrée de frayeur.
– C'est pourtant vrai, tu le verras bien toi-même,
dit Yéché sur un ton lugubre.

– Sônam, où es-tu ? Viens fermer la porte, je te prie ! appela Yéché.
Et le premier singe accourut aussitôt fermer la porte...
En voyant l'animal, Kunga n'eut plus
une goutte de sang dans les veines.

Yéché appela à nouveau :

– Padma, s'il te plaît, viens donner un coup de balai !

Le deuxième singe prit lestement le balai et se mit à balayer le plancher…

– Hélas, il en est bien ainsi ! Mon second fils a lui aussi disparu !

constata Kunga, accablé.

Yéché appela une dernière fois :
– Lhamo, s'il te plaît, apporte-nous un peu de thé !
À ces mots, le troisième singe sortit de la cuisine,
apportant sur un plateau une théière fumante...
– J'ai perdu mes trois fils ! gémit Kunga,
pâle comme un mort.

Kunga était désespéré.

— C'est terrible, dit-il, jamais je n'aurais cru
que des enfants puissent se changer en singes !

— C'est tout aussi possible que des pièces d'or qui se changent en sable,
dit Yéché d'un ton détaché.

— Mais voilà, cher ami, avoua Kunga sur un ton de grande humilité,
c'est que ton or, à vrai dire, ne s'est pas changé en sable !
C'est moi qui l'ai gardé...

— J'aime te l'entendre dire, répondit Yéché,
et il faut que je te confesse, cher ami,
que tes enfants ne sont pas plus devenus des singes
que mon or n'est devenu du sable !

Alors Kunga courut chez lui et rapporta l'or à son propriétaire.
Tous deux se rendirent à la cabane dans la forêt,
où les trois garçons sautèrent dans les bras
de leur père heureux de les retrouver sains et saufs.
Les deux voisins s'embrassèrent et se jurèrent
de ne plus jamais à l'avenir se jouer de mauvais tour !

Imprimé par G.Canale & C.S.p.A., Borgaro, Turin, Italie – 05-2008 – Dépôt légal : janvier 2008
Flammarion (L.01EJDN000116) – 87, quai Panhard et Levassor, 75647 Paris Cedex 13
Loi n°49-956 du 16 juillet 1949 sur les publications destinées à la jeunesse.